Percival et Kit-Kat

L

collection libellule

sous la direction de
Yvon Brochu

Des mêmes auteures

Les mésaventures d'un magicien, 1993
Gros comme la lune, 1996

Série Percival et Kit-Kat
Percival et Kit-Kat, 1997
Le piège, 1998
La rançon, (à paraître)

Percival et Kit-Kat
Le piège

Sylvie Högue et Gisèle Internoscia

Illustrations
Anne Villeneuve

Données de catalogage avant publication (Canada)

Högue, Sylvie

Le piège : Percival et Kit-Kat

(Collection Libellule)

Pour les jeunes de 8 à 12 ans.

ISBN : 2-89512-025-0

I. Internoscia, Gisèle. II. Titre. III. Collection.

PS8565.O37P53 1998   jC843'.54   C98-940381-5
PS9565.O37P53 1998
PZ23.H63Pi 1998

Sous la direction de Yvon Brochu, R-D création enr.
Illustrations : Anne Villeneuve
Révision-correction : Maurice Poirier et Christine Deschênes
Mise en page : Philippe Barey

© Les éditions Héritage inc. 1998
Tous droits réservés
Dépôts légaux : 3ᵉ trimestre 1998
Bibliothèque nationale du Québec
Bibliothèque nationale du Canada
ISBN : 2-89512-025-0
Imprimé au Canada

10 9 8 7 6 5 4 3 2

Dominique et compagnie
Une division des éditions Héritage inc.
300, rue Arran, Saint-Lambert (Québec) J4R 1K5
Téléphone : (514) 875-0327
Télécopieur : (450) 672-5448
Courriel : info@editionsheritage.com

Nous remercions le Conseil des Arts du Canada de l'aide accordée à notre programme de publication, ainsi que la SODEC et le ministère du Patrimoine canadien.

À Jean, Louis et Jacques.
Les beaux souvenirs font
de belles histoires...

À Diane et Sally pour
leur confiance...

Chapitre 1

Le baladeur rouge

Les yeux de monsieur Léonard parcourent la classe et se posent sur moi. Ah non, pas moi! Je n'ai pas fait mes devoirs!

– Qu'as-tu trouvé comme solution à la question numéro un, Percival?

Comme il s'approche de mon pupitre, la porte de la classe s'ouvre toute grande et monsieur Binette, le directeur, entre. Ouf! Il me sauve la vie. Mais voyons? Il a le visage bien rouge, le directeur, et de grosses gouttes de sueur lui coulent sur le front.

–Monsieur Léonard, dit-il d'une voix essoufflée, je dois parler à vos élèves.

L'air intrigué, monsieur Léonard lui répond qu'il n'y a pas de problème et se dirige vers le fond de la classe pour lui laisser la place.

–Au contraire, dit le directeur, il y en a un problème, et un gros. J'ai une nouvelle désastreuse à annoncer aux élèves de l'école Sainte-Bécassine. Un voleur rôde parmi nous! s'écrie-t-il, bouleversé.

Les mains se lèvent en même temps.

Les questions fusent de partout. Moi, je sors mon carnet de détective de mon coffre à crayons. Super, un voleur! Le détective Percival Beaulieu-Charron va mener une nouvelle enquête. Yé! Je glisse une main dans la poche de mon chandail kangourou pour partager ma joie avec Kit-Kat, mon hamster. Avec mon talent et le flair incroyable de ma fidèle assistante, le voleur ne volera pas longtemps!

–Qui s'est fait voler? demande monsieur Léonard du fond de la classe.

–Oui, qui, qui? répète Justine, surnommée la fouine, assise devant moi.

–Tutututu! ordonne le directeur. La victime est monsieur Badidas, notre professeur de gymnastique. On lui a volé son baladeur rouge. Hier, il l'a laissé dans la salle des professeurs pour donner son cours à 14 heures et, quand il est revenu, le baladeur avait disparu!

Le brouhaha reprend de plus belle. J'en

profite pour me pencher sur ma poche kangourou.

– Pour cette enquête, ma fille, tu vas devoir m'assister en cachette. Tu sais ce que monsieur Binette a dit quand il t'a vue à l'échange de cadeaux de Noël : « Pas d'animaux dans mon école ! »

– Drrrukkk ! Drrrukkk ! bougonne-t-elle aussitôt et, de peur qu'on ne l'entende, je coince son minimuseau entre mon pouce et mon index.

– Écoutez! J'ai questionné les professeurs, déclare monsieur Binette. Personne n'a rien vu. Vous, monsieur Léonard, n'avez-vous rien remarqué d'anormal?

– Non... quoique... j'ai vu le baladeur dans la salle des professeurs, hier, répond-il, et...

Sans terminer sa phrase, il s'appuie sur la bibliothèque et donne un élan à notre beau globe terrestre lumineux. Hypnotisé par le bleu de la terre qui tourne, j'attends, comme les autres, qu'il continue à parler.

– Et puis? l'encourage le directeur.

– Je me souviens, il était 14 h 15, poursuit monsieur Léonard en faisant tourner le globe du bout des doigts. J'ai quitté ma classe deux minutes pour aller chercher mes... euh... mes lunettes et...

Tout le monde sourit. Même le directeur. On sait tous pourquoi monsieur

Léonard quitte parfois sa classe. Le gourmand va piger dans la boîte de cajous qu'il garde dans la salle des professeurs.

– Et quoi? insiste le directeur.

– Et j'ai peut-être croisé le voleur! s'exclame-t-il. Mais non, non, c'est impossible! À part monsieur Labrosse qui peinturait dans le corridor, je n'ai vu personne, conclut-il en immobilisant le globe terrestre entre ses deux mains.

Je crois que monsieur Binette est déçu du témoignage de notre professeur, car il pousse un gros soupir. Puis en se dirigeant vers la porte, il nous demande de lui rapporter tout «comportement suspect».

Mais ce n'est pas lui qui va découvrir le coupable, c'est moi. J'ai déjà tout noté dans mon carnet: «Vol commis après 14 h 15. Monsieur Léonard croisé zéro élève dans corridor.» Un bon détective ne néglige aucun détail.

– Tu essaies déjà de résoudre le mystère du baladeur rouge, Percival? s'informe monsieur Léonard qui s'est approché de mon pupitre.

Pas surprenant qu'il devine ça. Ma dernière enquête a fait la une des journaux. On y parlait de moi, le détective Percival Beaulieu-Charron, de mon assistante Kit-Kat et de mon père, Félix, qui me raconte tous les romans policiers qu'il traduit. C'est grâce à lui si je suis aussi bon.

– Mais revenons à nos moutons, détective Percival, dit mon professeur. Quelle est ta solution au problème numéro un?

– Euh…

Chapitre 2

Des histoires inventées

Camouflé derrière le gros bac de recyclage, j'étire le cou: personne à l'horizon, corridor vide. J'ouvre ma pochette de détective attachée à ma taille.

– Je vais prendre ma loupe pour commencer mon enquête. Tu vas voir, Kit-Kat, d'ici la fin de la journée, j'aurai attrapé le voleur! que je déclare en enfilant la corde de ma loupe autour de mon cou.

– Drrruk-drrruk! s'offusque Kit-Kat, la tête sortie de ma poche kangourou.

–Euh… je veux dire NOUS allons l'attraper. Et n'oublie pas. Quand nous sommes seuls, tu peux sortir de ta cachette et travailler avec moi. Mais, dès que quelqu'un arrive, pouf! tu disparais comme par magie. Compris?

–Brrruiiik! répond mon assistante, satisfaite, en escaladant mon bras.

Je suis très rusé. Tout le monde est dehors, sauf nous. En m'habillant pour la récréation, je ne trouvais pas mes gants et ça m'a donné une idée. J'ai dit à monsieur Léonard que je ne pouvais pas sortir en plein hiver sans mes gants, et il a répondu que j'avais raison. Maintenant, nous pouvons mener notre enquête dans les corridors déserts de Sainte-Bécassine.

Un œil fermé, l'autre bien ouvert derrière la lentille de ma loupe, j'avance en examinant les murs. Kit-Kat, elle, se tient droite sur mon poing, flairant les odeurs

suspectes. Soudain, elle se met à hurler à pleins poumons.

– Es-tu devenue folle, Kit-Kat? Le directeur va t'entendre.

BOUNG!

– Aillaillaille! Mes orteils! que je crie en saisissant mon pied entre mes mains. Ils sont sûrement cassés!

Sautillant sur une jambe, je regarde sur quoi je me suis fracassé le pied: le coffre à outils du peintre, qui traîne au beau milieu du corridor!

– Tu l'avais vu. C'est pour m'avertir que tu hurlais, hein, Kit-Kat?

Un très faible crouik! me répond. Je regarde partout. Plus de Kit-Kat!

– KIT-KAT!

– Crouik!

Son gémissement s'élève du coffre à outils! Je l'ai fait tomber dedans en prenant mon pied dans mes mains! Je me jette à genoux et je fouille dans le coffre, lançant à la ronde des guenilles, des pinceaux et tout ce que je trouve.

Mais où est-elle à la fin? Je plonge ma main bien au fond et YÉ! je sens sa petite queue entre mes doigts. Je la tire, doucement.

– AAAAH!

C'est épouvantable, sa queue est ROUGE! Elle saigne! Les mains tremblantes, je tire encore, très doucement, murmurant: «Kit-Kat... Kit-Kat.» Mais voyons? Elle est donc bien longue cette queue! Mais, mais ce n'est pas une queue ça, c'est un fil rouge... Oh! pourvu qu'il ne soit pas enroulé autour du petit cou de Kit-Kat! Énervé, je dégage le fil et un baladeur apparaît. Un baladeur rouge.

– Hé, Percival Beaulieu-Charron! Que fais-tu dans le coffre de monsieur Labrosse? demande une voix aiguë derrière moi.

Oh non! pas Justine, la fouine de Sainte-Bécassine! Je sais que c'est elle à cause du bruit des boules de gomme qui s'entrechoquent dans les poches de sa

salopette. Quand elle ne les mastique pas, elle les tripote. Justine est une maniaque des boules de gomme.

–Tu n'es pas dehors? que je lui demande en tentant de remettre le baladeur dans le coffre.

–J'ai une otite, réplique-t-elle en s'approchant. LE BALADEUR ROUGE DU PROF DE GYM! Qu'est-ce que tu fais, Percival? Tu le caches dans le coffre du peintre? C'est toi, le voleur? me questionne Justine en s'agenouillant près de moi.

–Comme ça, tu t'appelles Percival et tu es en train de cacher un baladeur volé dans mon coffre! éclate alors la grosse voix de monsieur Labrosse derrière nous.

Nous sursautons en même temps. Justine pousse un petit cri, et moi, j'échappe le baladeur par terre.

–Mais non, voyons! Je ne le cache pas, je l'ai trouvé dans votre coffre! J'ai trébuché dessus et ma Kit… euh, mon ki… oui, euh… c'est ça! Mon kiwi est tombé dedans. C'est en le cherchant que j'ai découvert ce baladeur rouge.

«Au diable le baladeur!» me dis-je en fouillant. Il faut que je sorte Kit-Kat de là. Vite, parce que monsieur Labrosse commence à lancer ses affaires dans le coffre.

– Hé! Attention! Que faites-vous? Non! Arrêtez! que je crie en mettant mes mains au-dessus du coffre.

Mais il continue, sans s'occuper de moi.

– Mais ma Ki… mon… kiwi! lui dis-je, alors qu'il claque le couvercle de son coffre et se relève en le soulevant par la poignée.

Il me regarde, l'air ennuyé, et se penche tout près de mon oreille. Sa voix rauque me donne la chair de poule.

– Ne t'approche plus de mes affaires, espèce de petit menteur! Je n'ai jamais vu

ce baladeur. Va raconter tes histoires inventées ailleurs. Bateau de bateau!

Le peintre s'éloigne à grandes enjambées, balançant, au bout de son bras, le coffre qui a avalé ma Kit-Kat. Je voudrais courir derrière lui mais, comme dans un cauchemar, je suis incapable de bouger.

Chapitre 3

La petite futée

À genoux dans le corridor, j'imagine ma Kit-Kat. Elle est coincée entre un marteau et une boîte de clous au fond du coffre. «Oh! pourvu qu'elle ne soit pas blessée!» me dis-je en bondissant sur mes pieds.

– Où vas-tu? m'apostrophe Justine en me tirant le capuchon. Tu cherches le baladeur? C'est moi qui l'ai.

Je l'avais oubliée, celle-là. Le baladeur dans les mains, elle m'examine de ses yeux de fouine en mâchant sa gomme, la bouche grande ouverte.

– Je me moque du baladeur, Kit-Kat est en danger! lui dis-je en partant dans le corridor à la recherche du peintre.

– Kit-Kat? Le petit hamster qui a fait tomber le directeur dans le sapin de Noël? questionne Justine qui galope près de moi. Je me doutais bien que tu l'amenais toujours à l'école. Dans ta poche kangourou, c'est ça?

Je me mords la langue jusqu'au sang. J'ai trop parlé et Justine est rudement futée, elle a deviné juste! Je m'arrête. Aussi bien lui avouer la vérité. Et si elle est si futée et si fouine, elle pourra peut-être m'aider?

– Tu sais que je suis un détective, eh bien, Kit-Kat est mon assistante. Nous sommes inséparables. Nous cherchions le voleur de Sainte-Bécassine lorsqu'elle est tombée dans le coffre du peintre.

C'est en essayant de la sortir de là que j'ai trouvé le baladeur.

Justine m'écoute en gonflant une énorme bulle de gomme et pouf! la fait éclater. Ses lèvres et son nez en restent tout gommés.

–En premier, dit-elle, sortant sa gomme de sa bouche, il faut cacher le baladeur.

Tout en parlant, elle presse sa gomme sur son nez et sur ses lèvres.

–Quelqu'un l'a volé. On ignore qui, mais on l'a trouvé dans les affaires du peintre, poursuit-elle, le nez et les lèvres maintenant propres.

–Holà, JE l'ai trouvé dans le coffre!

–Oui, mais je suis arrivée presque en même temps, réplique-t-elle en remettant sa gomme dans sa bouche. En attendant que nous attrapions le voleur et que nous sauvions Kit-Kat, c'est trop risqué de le garder avec nous. Cachons-le dans ton casier.

Elle commence à m'énerver avec ses «on va faire ci, on va faire ça» mais, par contre, elle a raison.

–D'accord, allons-y! Je m'inquiète tellement pour Kit-Kat. Mais tu fais tout comme moi, que je lui ordonne. J'ai l'habitude de mener des enquêtes.

En marchant sur la pointe des pieds, nous arrivons à mon casier. Je suspends ma loupe et ma pochette à un crochet et je cache le baladeur dans une de mes bottes. Derrière moi, Justine éclate de rire en disant que j'ai plus l'air d'un voleur que d'un détective. Puis, elle m'offre une poignée de boules de gomme.

– Je n'ai le goût ni de rire ni de mâcher, Justine. Je réfléchis, moi! Je me demande où est le peintre, mais surtout où est son coffre.

– Moi, mâcher m'aide à réfléchir, répond-elle en se lançant une demi-douzaine de gommes dans la bouche.

Elle se met à mastiquer lentement, avale goulûment puis me regarde. C'est drôle, ses yeux sont aussi ronds que ses boules de gomme.

– Admettons, Percival, que le peintre

ait décidé de ranger son coffre pour empêcher les petits curieux de fouiller dedans…

Ses yeux s'allument comme deux petites flammes et elle me prend une main.

– C'est dans le local du concierge qu'il range son coffre! crie-t-elle en me tirant derrière elle. C'est évident!

«Elle a encore raison. Justine est intelligente. Elle ferait une bonne assistante, mais elle est vraiment trop bruyante», me dis-je en courant près d'elle. À chacun de ses pas, les boules de gomme se frappent comme des billes dans ses poches.

– La porte est ouverte, chuchote Justine en serrant ma main dans sa main toute collante.

Nous arrivons devant le local du concierge. Nous ralentissons et, par terre, au pied d'une haute étagère de métal, j'aperçois le coffre.

– Fais le guet, Justine, moi, je vais entrer

dans le local! Dès que tu entends ou vois quelque chose, tu m'avertis en sifflant comme ça: fssiiih! fssiiih! fssiiih! C'est un code, tu comprends?

– Compris! Comme ça?...

Elle siffle de toutes ses forces et son énorme mâchée de gomme lui sort de la bouche, me frôle le toupet et va s'écraser sur le mur devant nous.

– Oups! fait-elle en posant une main sur ses lèvres.

– Justine!

– Je ne prendrai plus de gomme avant ton retour, Percival! Fssiiih! Je suis capable, tu vois, ne t'inquiète pas.

J'entre dans le local en laissant la porte entrebâillée pour entendre le signal de Justine et je m'agenouille devant le coffre. Je l'ouvre.

VLAM!

Hé! Mais voyons, qu'est-ce qui se

passe? Je n'y vois plus rien! La porte s'est refermée. Si c'est Justine qui veut me jouer un tour, je ne la trouve pas drôle du tout. J'entends un bruit. On dirait une clé qu'on insère dans la serrure. Oh non! on verrouille la porte!

Chapitre 4

Clic! Surprise!

Ce n'est pas Justine qui m'a enfermé, voyons, elle n'a pas de clé! Mais pourquoi n'a-t-elle pas sifflé? Plongé dans la noirceur du petit local, je m'interroge.

Peu à peu, mes yeux s'habituent au noir et je commence à distinguer les objets qui m'entourent. Un filet de lumière pénètre dans le local. Ça, c'est la porte! Facile à déduire pour un bon détective comme Percival Beaulieu-Charron! Tâtonnant autour de moi pour repérer les obstacles, je rampe vers la porte. Puis je siffle par le trou de la serrure avec insistance :

– Fsssiiih ! Fsssiiih ! Fsssiiih !

Pas de réponse. J'essaie de tourner la poignée. Verrouillée. Que faire ? « Premièrement, sauver Kit-Kat. Après, on verra ! » me dis-je en reculant en ligne droite vers le coffre.

– Kit-Kat ? Si tu m'entends, fais un petit brrruiiik ! que je la supplie en palpant un chiffon humide au fond du coffre. Kit-Kat ?…

Je jurerais que la guenille vient de remuer ! Non, rien. J'ai dû rêver. Je continue ma fouille et cette fois, j'en suis sûr, ça remue ! Un petit mouvement de rien du tout.

– Kit-Kat ?…

Je glisse mes mains sous la guenille, la soulève et tâte du bout des doigts. Je reconnais le minuscule corps de Kit-Kat. Pouah ! Ça pue la térébenthine ! Je dégage

Kit-Kat et je jette vite la guenille dans le coffre. Kit-Kat est toute molle, elle a respiré de la térébenthine. Immobile dans le creux de ma main, on dirait qu'elle est morte. Je souffle sur son museau, elle ne bouge pas plus. «Il lui faut de l'air!» que je m'énerve en me relevant brusquement.

–OUCH!

Un clang! métallique résonne dans le petit local. Je me suis frappé l'épaule contre l'étagère, qui penche dangereusement par en avant. Catastrophe! Elle va basculer!

Je la repousse en y appuyant mon dos de toutes mes forces et tout plein d'objets dégringolent sur moi, et partout sur le plancher. Je m'écarte pour vérifier si l'étagère vacille encore. Ouf, elle a repris sa place.

–Tiens bon, ma fille, je vais te sortir d'ici!

Je dépose délicatement Kit-Kat dans mon capuchon et je fais un pas vers la lumière qui brille sous la porte. Crounche! Un autre pas, crounche, crounche! Voyons, mais qu'est-ce que j'écrase? Ah oui, la pluie de petites choses tombées sur moi.

– Fsssiiih! Fsssiiih!

–Justine! Où étais-tu? Sors-moi d'ici, Kit-Kat est « akfiziée »!

–Asphyxiée, Percival, on dit asphyxiée!

–Ouvre, Justine! Elle a respiré de la térébenthine dans le coffre.

–Ah non, pauvre petite! C'est comme si c'était fait, Percival. Je connais un truc. Ma sœur s'enferme des heures dans la salle de bains et, pour la faire enrager, je déverrouille la porte avec la tige de ma barrette.

–Grouille, Justine!

–C'est le peintre qui t'a enfermé. Il a surgi des toilettes si subitement que j'ai avalé ma gomme. Elle m'est restée prise dans le gosier et je ne pouvais pas siffler.

–Justine! Tu avais dit que tu ne prendrais pas de gomme!

–C'est plus fort que moi, Percival, quand je suis nerveuse ou quand je réfléchis…

–JUS-TI-NE! Tais-toi et déverrouille!

–C'est ce que j'essaie de faire. Pourtant, ça marche d'habitude. Je recommence. À part ça, j'ai dû me cacher, monsieur Léonard n'arrêtait pas de rentrer et de sortir de la salle des professeurs. Bon, je pense que je vais l'avoir. Un petit coup à droite, un à gauche, je tourne la tige.

CLIC!

–Elle a réussi, je t'emmène dehors, Kit-Kat! que je lui annonce en tournant la poignée.

Je fonce à toute allure mais une fois dans le corridor, je suis aveuglé par la lumière des néons. Je cligne des yeux à plusieurs reprises et, quand je vois ce qui m'accueille, j'ai le goût de retourner dans le local noir. En poussant la porte, j'ai renversé Justine qui est tombée assise sur les pieds du directeur. Et il n'est pas seul, le directeur...

Chapitre 5

Une autre trrrès mauvaise nouvelle !

Oh non ! il n'est pas seul, le directeur ! Le peintre est là et me regarde sortir du local du concierge.

– Lui ! crie-t-il en me pointant du doigt. C'est la deuxième fois, aujourd'hui, que je le surprends dans mes affaires. Et elle aussi ! Ils ont déverrouillé la porte. Ces enfants sont des petits voleurs !

« C'est plutôt lui, le voleur ! » que je me dis en serrant les poings. C'est dans son coffre que j'ai trouvé le baladeur. Mais je n'ai pas le temps de m'occuper de lui. Kit-Kat est mourante dans mon capuchon, je dois l'amener dehors.

– Tutututu! fait monsieur Binette. Ne nous énervons pas, mon ami, dit-il au peintre en aidant Justine à se relever.

Et pendant que Justine se frotte les fesses, monsieur Binette se gratte le front en m'observant.

– Percival, dit-il finalement, je sais que tu aimes jouer au détective. Et je devine que tu t'es mis dans la tête de découvrir le voleur avec l'aide de la fouin... euh... de la curieuse Justine. J'ai raison, non? Mais... cela ne vous donne pas le droit de fouiller dans ce qui ne vous appartient pas, mes enfants! Les affai...

Je n'écoute plus. J'épie le peintre qui entre dans le local et revient, une toile grise enroulée sous le bras. Il verrouille la porte et s'éloigne en me jetant un regard qui me donne froid dans le dos.

Monsieur Binette ne l'a pas remarqué. Les mains croisées derrière le dos, il se soulève sur la pointe des pieds, redescend, se soulève, redescend. Oh non! Lorsqu'il se balance ainsi, c'est qu'il nous mijote un discours! Je ne pourrai jamais faire respirer de l'air frais à Kit-Kat avant la fin de la récréation!

–Percival, Justine, continue le directeur, vous jouerez aux détectives ailleurs que dans mon école!

POW!

–Oups! fait Justine.

Monsieur Binette fixe la coupable et grimace comme s'il venait de mordre dans un citron. Oh! la la! S'il y a une chose que monsieur Binette ne tolère pas à Sainte-Bécassine, c'est…

–De la gomme? Dans mon école? rugit-il. Va jeter cette cochonnerie et reviens ici. J'ai deux mots à te dire!

Justine s'éloigne et les boules font cloc! cloc! dans ses poches.

–D'où vient ce bruit? me demande monsieur Binette, l'air étonné.

–Euh… euh… que je bredouille en louchant vers la grosse horloge du corridor.

Dans six secondes, c'est la fin de la récréation. Justine va l'échapper belle. Cinq, quatre, trois, deux, un…

DRRRIIINNNG!

Monsieur Binette tressaille et regarde l'horloge.

–Oh non, pas déjà! Vite, à votre classe, vous deux, et sans traîner! nous lance-t-il en se sauvant à pas pressés.

Dès qu'il disparaît, je sens un léger mouvement dans mon dos, puis une petite caresse sur ma nuque. Kit-Kat! Elle s'avance sur mon épaule et, le cou allongé, respire à pleins poumons.

Je la prends en riant, mais j'ai à peine le temps de l'embrasser que les élèves rentrent de la récréation. Je dois la cacher dans ma poche kangourou. Elle se met alors à hurler à tue-tête. J'ai beau lui ordonner d'arrêter, la menacer, rien à faire. Jusqu'à ce que je prononce le mot magique: Cheerios.

– Elle en est folle, dis-je à Justine, et elle a besoin d'un petit remontant! J'en ai un sac plein dans mon casier. Viens, on va lui en donner quelques-uns.

Coincé entre Camille qui enlève ses bottes et Éric qui déroule son long foulard, j'ouvre mon casier. Dès que je m'agenouille pour fouiller dans ma boîte à lunch, Kit-Kat bondit et atterrit près de mes bottes. Elle gratte autour puis lève la tête vers moi. Dans sa gueule, elle tient une courroie en cuir bleu.

Je soulève mes bottes et je découvre un sac à main bleu caché derrière. Un sac à main de femme.

– Dépêche! me presse Justine. Tous les autres sont déjà rendus dans la classe.

– Une seconde, que je lui murmure. Kit-Kat a trouvé un sac à main suspect dans mon casier.

– Bonne fille, la félicite Justine en la touchant du doigt.

– Drrruk-drrruk! lui fait Kit-Kat en montrant les dents et en se sauvant dans ma poche.

Kit-Kat n'a pas l'air d'aimer mon amie. Je me demande pourquoi. Je prends le sac et je l'examine. Il est vide.

– Un sac à main de femme, vide, dans mon casier! C'est super louche, ça.

Justine me regarde d'un air paniqué. Elle me tire par le bras et ferme mon casier d'un coup de pied en lançant:

– Le directeur arrive. Cours! Il nous a dit de ne pas traîner!

Et elle m'empoigne par le capuchon.

–Le sac suspect, s'écrie-t-elle, tu l'as toujours dans les mains!

Tout en courant, elle m'arrache le sac, retrousse mon chandail et me le plaque contre le ventre. Je sens Kit-Kat qui fait deux ou trois culbutes et je replace mon chandail. Mais le sac glisse, alors je croise les bras sur mon ventre et nous regagnons nos places dans la classe.

Comme ce matin, monsieur Binette entre en gesticulant. Voyons! Il est de plus en plus rouge, le directeur.

–Mes chers élèves, dit-il d'une voix scandalisée, j'ai une autre mauvaise, trrrès, très mauvaise nouvelle!

Chapitre 6

Un détective embêtant!

– Madame Rita, notre secrétaire, s'est fait voler son sac à main! annonce le directeur planté bien droit en avant de la classe.

Une bouffée de chaleur me monte au visage. Devant moi, Justine se retourne, les yeux sortis de la tête. Le sac à main bleu pèse sur mon ventre comme une roche trop lourde.

– Tu dois t'en débarrasser immédiatement! m'ordonne-t-elle en ouvrant à peine la bouche.

Je me lève, en me lamentant que j'ai mal au ventre et je cours vers la porte.

Je n'aurais pas dû. Le sac descend sous mon chandail!

– J'ai une crampe! que je lance en sortant dans le corridor, plié en deux.

Ouf! un peu plus et le sac atterrissait aux pieds du directeur! Je dois vite aller le remettre dans mon casier. En traversant le corridor, j'aperçois quelqu'un en train de fouiller dans le casier d'un élève. C'est le peintre! Que fabrique-t-il là? J'avais raison, c'est sûrement lui le voleur de Sainte-Bécassine! Une chance que le détective Percival est sur les lieux.

– Au nom de la loi, euh… arrêtez! que je crie en avançant vers lui.

Le peintre sursaute et se cogne le crâne sur la porte du casier.

– Encore toi! Tu n'es donc jamais dans la classe comme les autres élèves!

s'emporte-t-il en tâtant la bosse qu'il s'est faite sur le front.

Au son de sa voix, Kit-Kat grogne et je croise les bras un peu plus fort sur ma poche kangourou pour la faire taire.

–C'est le casier de Samantha, ça! Vous êtes en train de lui voler quelque chose. C'est vous le voleur de Sainte-Bécassine!

Ses yeux deviennent deux petites lignes droites. Ouille! Il a l'air méchant comme ça! Mais le détective Percival ne craint ni les voleurs ni les méchants. Je bombe la poitrine et je me place devant lui.

–Vous êtes le voleur et c'est moi, Percival Beaulieu-Charron, qui vais vous arrêter!

–Oui, je suis le voleur, chuchote-t-il en s'approchant. Mais je suis plus rusé qu'un petit détective embêtant, bateau! J'ai caché la sacoche de la secrétaire dans ton casier. Ah, ah, ah! J'ai tout organisé pour te faire accuser à ma place. Je vais enfin me débarrasser de toi et avoir la paix, ajoute-t-il en rigolant.

Petit détective? Il n'est pas si rusé que ça, sinon il se méfierait un peu plus de moi. Félix, lui, est convaincu que je suis plus futé que Sherlock Holmes! Et ce n'est pas parce qu'il est mon père. Il sait que je suis bon parce que je résous toujours les énigmes qu'il me donne. Je m'apprête à répliquer, mais monsieur Binette sort de la classe.

– On dirait que ça va mieux, Percival? Allez, ils t'attendent pour commencer la dictée.

Et il s'éloigne avec le peintre. Avant d'entrer dans la classe, je les entends rire tous les deux. Monsieur Binette ignore à qui il a affaire. Devrais-je l'avertir que son peintre est le voleur, même si je n'ai pas encore de preuves?

Chapitre 7

Le repaire d'un voleur

–Quand l'a-vion dé-colle de l'aé-ro-port…, dicte monsieur Léonard.

Au fur et à mesure qu'il récite, j'écris très vite et, pendant qu'il répète, je tape dans le dos de Justine. Il faut que je lui raconte mon aventure avec le peintre.

–Pssst! Justine!

–Percival! crie monsieur Léonard. Interdiction de parler pendant la dictée! Et toi, Justine, va jeter cette gomme!

Monsieur Léonard est de très mauvaise

humeur. Il paraît qu'il a perdu sa boîte de cajous et qu'il l'a cherchée pendant toute la récréation. C'est pour ça que Justine l'a vu se promener entre la classe et la salle des professeurs.

−Il faut atta-cher sa cein-ture…, poursuit monsieur Léonard en se dirigeant vers son pupitre.

Bon! Il me tourne le dos! Parole de Percival, cette fois, il ne remarquera rien. Je me soulève vite les fesses et j'allonge le bras pour tirer une mèche de cheveux de Justine. Mais une douleur au nombril me coupe le souffle et je m'affaisse sur mon pupitre. Le fermoir du sac à main! Il s'est refermé sur ma peau! Écrasée, Kit-Kat se met à pousser des drrruk! stridents et, pour couvrir ses cris, je fais semblant d'éternuer. Toute la classe éclate de rire et monsieur Léonard se retourne en hurlant:

−Percival, j'en ai assez! Chez le directeur!

–Mais monsieur Léonar-ar-ard, que je supplie.

Il me fait des yeux si terribles que je n'ai pas le choix. À tout petits pas, les mains croisées sur le ventre, je me dépêche de sortir.

«Dans le fond, ça tombe bien», me dis-je en me frictionnant le nombril. Il faut que je me débarrasse de ce satané sac à main. Dès que j'arrive à mon casier, je pousse mon manteau pour prendre mon sac de gym suspendu au crochet. Comme je jette le sac à main dedans, je vois un objet brillant qui dépasse de la poche de mon manteau.

–Qu'est-ce que c'est, Kit-Kat? que je demande à mon assistante qui saute sur mon bras. Un porte-clés Mickey Mouse en or? Le porte-clés de Sam! Encore un coup du peintre!

–Crouik! répond-elle en enfonçant ses griffes dans mon poignet. Crouik-crouik!

Je la connais. Ça l'inquiète, toutes ces preuves qui s'accumulent dans mon casier.

–C'est vrai, Kit-Kat, mon casier ressemble au repaire d'un voleur. Mais, parole de Percival, tu vas voir que je vais trouver une solution.

–Crouik! approuve Kit-Kat en se glissant dans mon capuchon.

Mais comment prouver que c'est le peintre qui vole? Je me questionne en caressant le porte-clés. Si je pouvais tourner les preuves contre lui... Mais voyons! Je n'ai qu'à remettre les objets volés dans ses affaires. Justine pourrait déverrouiller la porte du local du concierge. Ensuite, nous n'aurions qu'à y amener monsieur Binette. «Génial!» que je me réjouis en ajoutant le baladeur et le porte-clés dans mon sac de gym. Au dîner, nous allons redonner au voleur ce qui lui appartient!

– Kit-Kat! Comme d'habitude, j'ai un plan extraordinaire. Mais avant de le mettre à exécution, je dois aller chez le directeur. Tu sais ce que ça signifie, ma fille: quoi qu'il arrive, tu restes bien sage.

– Crouik! me promet Kit-Kat dans mon capuchon.

Il ne faut surtout pas que le directeur téléphone à maman. Il lui parlerait de Kit-Kat que j'amène à l'école malgré son

Chapitre 8

Trop, c'est trop!

Au moment où je pousse la porte du secrétariat, j'entends la voix de madame Rita qui résonne dans l'école.

—Percival Beaulieu-Charron est demandé au bureau du directeur! annonce-t-elle dans son microphone.

C'est tordant, ça! Elle m'appelle et je suis juste derrière elle. Je vais lui faire un gros BOU! pour la surprendre. Mais un instant, détective Percival... Pourquoi monsieur Binette me fait-il demander? Intrigué, j'avance sur la pointe des pieds pour voir dans son bureau. Le peintre est là! Si le directeur m'appelle, c'est qu'il m'a dénoncé.

Je dois m'enfuir avant que madame Rita ne se retourne. Un bras tendu derrière moi pour saisir la poignée de la porte, je recule lentement quand mes doigts frôlent une chose molle et poilue. Wouash! Je sursaute et ploc! je renverse la violette africaine de madame Rita sur son bureau. Elle fait pivoter sa chaise à roulettes et m'aperçoit, figé près du dégât.

– Mon doux, Percival! Tu as fait ça vite! Je viens à peine de t'appeler. Aurais-tu des ailes? me demande-t-elle en époussetant la terre sur les feuilles de sa plante.

– Percival est déjà arrivé? fait monsieur Binette d'une voix sévère, en passant la tête dans l'embrasure de sa porte.

Je pouffe de rire. Il est tellement drôle. Il est si rouge qu'on dirait qu'il va exploser.

–Ah! tu trouves ça amusant, Percival!
On va voir si tu vas rire tantôt.

Oh! la la! Il n'a pas l'air content. La tête
basse, je passe devant lui et je rentre dans
son bureau.

–Assois-toi, m'ordonne-t-il en poussant une chaise sous mes fesses.

Je jette un coup d'œil au peintre assis à
côté de moi et je sais que j'ai bien deviné.
Son vilain sourire et la mauvaise humeur
du directeur veulent tout dire. Ils vont
m'accuser! Découragé, je m'appuie sur le
dossier de la chaise et je sens le petit
corps de Kit-Kat dans mon dos. Kit-Kat
est minuscule, mais c'est incroyable
comme sa présence me redonne du
courage. «Tu vas voir, ma fille, je ne me
laisserai pas faire!» lui dis-je dans ma
tête en me redressant sur ma chaise.

–Je suis au courant de tout, Percival,
TOUT! déclare le directeur, debout derrière son bureau. Monsieur Labrosse m'a
raconté…

– Mais…

– Tutututu, Percival! Je suis trrrès peiné de ta conduite, mais surtout, trrrès étonné. Jamais je n'aurais cru possible cette déplorable histoire, mais j'ai un témoin. Monsieur Labrosse t'a soupçonné dès qu'il t'a vu avec le baladeur rouge dans les mains. Dire que tu as même essayé de le cacher dans son coffre à outils pour le faire accuser à ta place! Heureusement qu'il t'a surveillé depuis ce moment-là!

«Ce peintre n'est pas seulement un voleur, c'est un gros menteur!» me dis-je en sentant mon courage défaillir.

– Mais étant un homme juste, Percival, poursuit monsieur Binette, je veux entendre ta version des faits. Laisse-moi prendre mon stylo pour noter tous les détails.

Super! Je vais pouvoir m'expliquer! Je recommence à espérer. Oh non! Pendant que monsieur Binette tâte une par une les poches de son veston à la recherche de son stylo, je sens mon capuchon qui ondule dangereusement. Je tourne un peu la tête et je murmure le mot magique: «Cheerios»! La désobéissante s'immobilise aussitôt. Ouf! j'ai eu chaud!

–Mais où est-il? s'énerve monsieur Binette en vidant le contenu de ses poches sur son bureau. Serait-ce possible? s'écrie-t-il en se penchant au-dessus de moi.

Je m'enfonce dans ma chaise parce que les veines de son cou sont toutes gonflées et je sais qu'il va crier.

–C'est toi qui as volé mon précieux stylo Mont-Blanc! Trop, c'est trop. Je pensais que tu étais un détective, Percival, pas un voleur!

Je baisse les yeux sans répondre, car j'ai un problème épouvantable. Kit-Kat est devenue folle. Elle tourne en rond comme lorsque je la mets dans la roue de sa cage. Faisant semblant de me gratter le

dos, je rentre vite une main dans mon capuchon. Elle fait rouler quelque chose dans ma main et se calme, tout d'un coup. Bizarre. Je retire ma main et j'ouvre les doigts sur l'objet.

–Un cajou? que je m'exclame en le tournant dans tous les sens.

–Un cajou! répète le directeur en le prenant. Monsieur Labrosse, que vais-je faire de lui? Il a même volé la boîte de cajous de son professeur!

Je fixe le cajou. Mais d'où vient-il? Les yeux fermés, j'essaie de me concentrer, j'essaie de me rappeler les endroits où je suis allé depuis le début de mon enquête. Et je trouve: les petites choses que j'ai reçues sur la tête dans le local du concierge. Les crounch! crounch! sous mes pieds étaient des cajous. J'ouvre les yeux. Le peintre s'est approché du directeur et chuchote à son oreille.

–Tutututu! Assez! Je veux en avoir le cœur net! dit monsieur Binette en secouant la tête comme si les chuchotements du peintre lui chatouillaient les oreilles. Il paraît que ton casier est rempli d'objets volés, Percival. Allons-y! s'exclame-t-il. Tous au casier de Percival!

Chapitre 9

La fouine

Ça y est, nous voici devant mon casier et le directeur l'ouvre en s'épongeant le front avec sa cravate. Il ne voit pas le peintre qui rit dans son dos. Moi, je le vois et je serre les dents pour ne pas hurler que c'est lui le voleur. Qui me croirait avec tout ce que monsieur Binette va trouver dans mon casier?

Kit-Kat grimpe dans mon cou. Oh non! Elle s'en vient à mon secours. Je gage qu'elle veut attaquer le peintre ou même le directeur! Il ne manquerait plus que ça! Je secoue les épaules et elle déboule dans mon capuchon. J'espère qu'elle a compris.

Monsieur Binette a enlevé toutes mes affaires dans le haut et le bas de mon casier et les a posées à mes pieds. S'il peut s'arrêter là, je suis sauvé! S'il s'arrête là, parole de Percival, je jure de ne plus amener Kit-Kat à l'école et de ne plus jamais, jamais, jamais mener d'enquêtes!

Monsieur Binette se redresse, tasse mon manteau et voit mon sac de gymnastique suspendu au crochet. Il décroche mon manteau, prend mon sac et le dépose sur le sol. Mais il ne l'ouvre pas. Il reste là à se dandiner comme s'il hésitait à fouiller.

Impatient, le peintre s'avance et saisit mes bottes! Une après l'autre, il les

71

tourne à l'envers. Il cherche le baladeur! Il a dû le voir quand il a caché le sac à main de madame Rita derrière mes bottes. Quand il constate que rien n'en tombe, il les lance au loin et explore le fond de mon casier. Cherche toujours, mon voleur, le sac bleu n'est plus là!

Monsieur Labrosse s'énerve. Pestant contre moi, il examine le reste de mes affaires. Il envoie tout promener autour de lui et le directeur assiste à la scène en mordillant le bout de sa cravate. Devant le contenu de ma pochette de détective que le peintre déballe, monsieur Binette n'en croit pas ses yeux.

– Une grosse loupe, des minijumelles? fait-il étonné. Un périscope! Une paire de menottes! Mais tu possèdes tout l'arsenal du policier, Percival! s'écrie-t-il en me dévisageant.

Il est vraiment impressionné, le directeur. Je me sens tout fier. Jusqu'à ce que j'entende un gros ZZZZIIIIP! Le peintre ouvre mon sac de gymnastique et enfonce sa main dedans. Il en sort un soulier de course, mes culottes courtes, mon t-shirt, un autre soulier et… plus rien. Le sac est vide!

Silencieux, nous nous regardons tous les trois à tour de rôle. Pas d'objets volés dans mon casier! Le directeur se demande sans doute pourquoi le peintre m'a accusé; le peintre, lui, où j'ai caché les objets volés; et moi, par quel tour de magie ils ont disparu! Il y a du mystère dans l'air, et j'adore ça!

Des élèves commencent à sortir des classes, car la cloche du dîner va sonner dans quelques secondes. Ils n'ont pas vu le directeur et se chamaillent en criant.

– Pas de bousculade à Sainte-Bécassine! lance monsieur Binette. Excusez-moi, je vais aller mettre de l'ordre dans cette cohue. Nous reparlerons de tout ça, mon ami, dit-il à monsieur

Labrosse, en passant devant lui. Toi, Percival, va dîner!

Dès que le directeur s'éloigne, le peintre s'approche de moi, soulève sa grosse bottine et VLAM! donne un bon coup de pied dans mes affaires.

–Je n'ai pas fini avec toi, menace-t-il avant de partir à son tour.

Il est de plus en plus épeurant, celui-là! Et je m'assois par terre pour vérifier s'il n'a rien cassé.

–Viens, Kit-Kat, tu peux sortir sur mon épaule pendant que je ramasse mes affaires. Mais sois discrète!

–Crouik! répond-elle en me léchant une oreille au passage.

–Percival!

Je lève la tête et je vois Justine surgir du gros bac de recyclage de papier.

–Mais que fais-tu là-dedans, Justine?

–Je t'épate, hein? qu'elle s'exclame en s'approchant. Salut, Kit-Kat! ajoute-t-elle plus bas.

–Drrruk! bougonne Kit-Kat qui n'a pas l'air contente de revoir mon amie.

–Je serai peut-être épaté quand je saurai ce que tu faisais dans le bac, Justine.

– Comment? Tu n'as pas deviné? fait-elle en m'aidant à ranger mes affaires dans mon casier. Quand tu es sorti de la classe pour aller chez le directeur, j'ai repris deux ou trois boules de gomme pour m'aider à me concentrer. Je ne savais plus si on dit un ou une avion et je réfléchissais très fort et j'ai gonflé une bulle, et pouf! elle a éclaté en pleine dictée. «Justine! Va rejoindre ton ami chez le directeur!» a hurlé monsieur Léonard, ajoute-t-elle en prenant une grosse voix.

Je ris en entendant Justine imiter le prof. Elle est vraiment bonne comédienne. Je parie qu'elle va devenir une actrice de cinéma plus tard.

– Quand je suis arrivée au secrétariat, madame Rita n'était pas là, mais la porte du bureau du directeur était ouverte. J'ai tout entendu! J'ai couru à ton casier pour chercher les objets volés mais je ne les trouvais pas. Une chance que j'ai fait tomber ton manteau en fouillant! J'ai vu ton sac de gymnastique et il m'a semblé pas mal gros. Tout de suite, j'ai su que tu avais caché les objets volés dedans. Je les ai mis dans mon sac à dos en vitesse et j'ai sauté dans le bac quand je vous ai vus venir.

Je la dévisage. Justine a fait ça? Pour moi! Wouaw! Et c'est elle, maintenant, qui se balade avec les objets volés. Elle pourrait être accusée à ma place!

–Ne fais pas cette face-là, me dit-elle en refermant mon casier. Il fallait que je fasse quelque chose. On est amis, non?

–On est des vrais amis!

Je lui tends la main pour qu'elle m'aide à me relever. Kit-Kat me mordille aussitôt le lobe de l'oreille et se frotte dans mon cou.

–Je crois qu'elle est jalouse de moi, dit Justine en riant.

Mais son visage s'assombrit quand je lui apprends que le peintre m'a menacé.

En route vers le gymnase où nous dînons, je lui explique mon plan de remettre les objets volés dans le local du concierge.

– Et si c'est le concierge qui se fait accuser à sa place ? remarque Justine.

Encore une fois, elle a raison. Alors comment et quand prouver au directeur que le peintre est le voleur ? Cet après-midi, c'est notre exposé oral en sciences, et demain, c'est le dernier jour d'école avant la semaine de relâche. Le matin, on a l'examen de français, l'examen de mathématiques et, après le dîner, il y a la projection du film *La petite espionne*, au gymnase.

Nous restons silencieux un moment et j'imagine une chose horrible : la police vient m'arrêter pendant que toute l'école est réunie pour le film. Le détective Percival Beaulieu-Charron arrêté comme un criminel !

– Justine ! que je m'écrie, la panique me serrant la gorge. La police !

–La police? fait Justine en s'immobilisant. Tu veux appeler la police?

–Non! Je veux dire... mais ce n'est pas bête, ça, Justine. Même que j'en connais un, policier, moi. Il s'appelle Georges. On est amis depuis ma dernière enquête. Il pourrait nous aider. Je vais en parler à Félix et nous allons lui téléphoner.

–Crouik-crouik-crouik! approuve Kit-Kat sur mon épaule.

–C'est qui, Félix?

–Mon père, que je réponds fièrement. LE spécialiste des histoires de détectives. Je t'invite à la maison, ce soir, Justine. Tu vas voir, mon père a toujours des idées formidables.

Chapitre 10

Le piège

Assise devant moi, Justine se trémousse sur sa chaise. Depuis notre conversation d'hier soir avec Félix, elle ne tient plus en place.

– Patricia est absente ? demande monsieur Léonard qui, comme tous les matins, prend les présences.

Patricia est ici, mais elle ne répond pas. Allez, Patricia, réponds donc ! Le temps presse ! Justine et moi devons aller tendre notre « piège à peintre » !

Félix a beaucoup impressionné Justine en imaginant ce piège et en nous aidant à tout organiser. Il a même trouvé un moyen pour que Justine et moi sortions de la classe en même temps: quand monsieur Léonard aura fini de prendre les présences, je vais me porter volontaire pour apporter la liste à madame Rita. Tout de suite après, Justine va demander la permission d'aller téléphoner à sa mère en prétextant qu'elle a oublié son lunch dans l'auto. C'est la phase un de notre plan.

– Patricia Prévost? répète monsieur Léonard.

– Présente! répond impatiemment Justine à la place de Patricia. Elle ne peut pas vous entendre, monsieur, parce qu'elle dort encore!

Tout le monde pouffe de rire, sauf moi. Assis bien droit sur ma chaise, la main levée, je regarde le professeur. Je sais que seuls les élèves sérieux sont choisis pour apporter la liste des présences à madame Rita.

–D'accord, Percival, tu peux y aller, me dit-il enfin.

Dès que je sors dans le corridor, je me cache derrière la porte ouverte et j'entends Justine qui raconte son histoire de lunch. Elle se prend une voix toute désolée et monsieur Léonard lui permet d'aller téléphoner au secrétariat.

–Yé! La première phase de notre plan a fonctionné, Percival, qu'elle me dit tout bas en me rejoignant. Es-tu prêt pour la deuxième?

Je lui réponds que je suis prêt et mon amie me fait un sourire mauve à cause de la boule de gomme qu'elle vient de croquer.

–Et toi, Kit-Kat, es-tu prête? Réveille-toi, nous avons besoin de ton flair.

Kit-Kat sort une tête lourde de sommeil de ma poche. Elle bâille, frissonne, puis retourne au fond de ma poche où il fait noir et chaud. La paresseuse! La voix un peu menaçante, j'insiste:

– Kiiiit-Kaaaat…

Elle ressort, les oreilles dressées et les moustaches frémissantes. Ça y est, elle est prête et nous partons à la recherche du peintre.

Devant l'escalier, nous hésitons. Monter ou descendre?

– Il n'y a pas une minute à perdre. Allez! dis-je à Kit-Kat, du flair!

Elle agite son nez rose dans toutes les directions, puis l'immobilise vers le bas. Justine derrière moi, je me lance dans l'escalier à toute allure. Hop! je saute les trois dernières marches et j'atterris sur mes deux pieds. À l'autre bout du corridor, j'aperçois le peintre. Grimpé en haut d'un escabeau, il promène son rouleau sur le plafond. Justine atterrit à son tour et je lui fais un signe. Elle voit le peintre et prend une grande respiration. C'est le moment de jouer la comédie que nous avons mise au point avec Félix. Mine de rien, nous nous dirigeons vers l'escabeau.

−As-tu vu, Justine? Monsieur Léonard a toujours sa clé suspendue autour du cou, dis-je assez fort pour que le peintre m'entende.

−Ah oui, il était tellement tordant, hier! Surtout quand il a déclaré: «Voici les 300 dollars que nous avons ramassés pour notre classe de neige. Avec ce voleur à Sainte-Bécassine, mes amis, je vais les mettre en lieu sûr!» termine Justine en faisant son imitation parfaite de monsieur Léonard.

−Hi! hi! hi! T'es drôle, que je réplique tout en remarquant que le rouleau du peintre s'est immobilisé. Il était super-comique quand il a mis les billets dans une grosse enveloppe brune, l'a cachetée avec un mètre de ruban adhésif et l'a

enfouie sous une pile de cahiers dans son tiroir de pupitre.

– Ha! ha! hi! hi! ho! se crampe Justine. Quand il a verrouillé le tiroir et qu'il a enfilé la clé sur son ruban rouge à pois blancs, je me suis dit qu'il allait dormir avec sa clé!

Tout en riant, nous nous éloignons un peu, pas trop, car le peintre doit entendre nos dernières phrases.

—As-tu hâte à cet après-midi, Justine, pour voir le film *La petite espionne*?

—Oui, mais j'ai surtout hâte au dîner communautaire. C'est amusant quand les professeurs, le directeur et madame Rita mangent avec nous au gymnase.

Et nous nous éloignons pour de bon. En regagnant la classe, Justine me demande si je pense que le peintre a cru notre histoire.

—Il l'a crue, je le sais. Grâce à ma délicate oreille de détective, j'ai détecté qu'il s'est arrêté de peinturer pour mieux nous entendre. Parole de Percival, il est tombé dans notre piège, tête première!

Chapitre 11

L'idée formidable

–J'ai des gargouillis dans le ventre, Percival! se lamente Justine.

Toute l'école Sainte-Bécassine participe au dîner communautaire dans le gymnase. Toute, sauf le détective Percival, son assistante Kit-Kat et son amie Justine. Nous sommes à notre poste, au fond de la classe, accroupis entre la bibliothèque et les ordinateurs.

–Oublie tes glouglous, Justine, le peintre peut arriver d'une minute à l'autre. Pourvu qu'il vienne vite! On a quinze minutes avant que l'on s'aperçoive de notre absence au gymnase.

Je prends quelques livres sur une étagère de la bibliothèque et je les donne à Justine. À leur place, je glisse la caméra de Félix. Je suis fier de mon père. C'est lui qui a pensé à faire de madame Rita notre complice. Il l'a mise au courant de tout et c'est grâce à elle si nous sommes ici. Elle a fait croire à monsieur Léonard qu'elle avait besoin de nous deux quinze minutes pour faire des photocopies. Je vérifie de nouveau la caméra et dis à Justine :

– Tu vois, quand notre voleur va venir fouiller dans le pupitre de monsieur Léonard, je vais le filmer en train de commettre son crime. Comme Félix nous a expliqué, hier soir.

Elle dépose les livres par terre en me confiant que la veille, après avoir raconté notre histoire à Félix, elle a cru qu'il allait nous gronder.

– Aïe! Son regard brillait comme celui d'un chat, derrière ses lunettes! fait-elle en se relevant, les doigts en rond devant ses yeux.

Elle a eu très peur quand elle a vu Félix se lever en renversant sa chaise, se précipiter dans l'escalier et crier à tue-tête: «J'ai une idée formidable!» C'est vrai qu'il a l'air bizarre, mon père, quand on ne le connaît pas.

– Lorsqu'il est revenu avec sa caméra vidéo, poursuit Justine, et qu'il a déclaré de sa grosse voix: «Mes enfants! Vous allez tendre un piège à ce voleur, puis vous allez le filmer la main dans le sac!» je l'ai trouvé génial.

C'est vrai qu'il est brillant, Félix. Il a tout prévu. Moi aussi, je suis brillant. C'est moi qui ai trouvé notre cachette pour tourner le film, et aussi ce que nous allons faire de ce film. Il va avoir une belle surprise, notre voleur! S'il peut arriver!

– Va voir dans le corridor si le peintre s'en vient, Justine.

– Non, Percival! Félix a dit qu'il nous permettait de mener cette enquête à la condition qu'on reste ensemble jusqu'à ce qu'il arrive avec votre ami policier pour nous aider.

Elle choisit trois boules de gomme rouges et les croque une par une, tranquillement. Puis tout à coup, elle me saisit par les épaules et demande d'une voix inquiète :

– Ils vont venir, c'est sûr, hein, Percival ?

– Félix tient toujours ses promesses.

Mais je m'inquiète, moi aussi. Pas à cause de Félix, à cause de Kit-Kat. Elle grogne sans arrêt. Flaire-t-elle un danger ? Dès que je cesse de la caresser, elle essaie de sortir de ma poche.

– Tu vas devoir filmer à ma place, Justine. J'ai besoin de mes deux mains pour retenir Kit-Kat. Tu sais, je l'ai entraînée à devenir un hamster policier et elle se croit obligée de me défendre. Seulement, elle ne réfléchit pas et…

–Chuuut! Il y a quelqu'un qui arrive! murmure Justine.

Déjà à genoux, je me recroqueville davantage. J'entends qu'on entre dans la classe. Justine braque son œil dans l'objectif de la caméra, puis se tourne vers moi et articule silencieusement: «C'est lui!» Alors, elle commence à filmer.

J'entends des tiroirs qui s'ouvrent et se referment. Puis un cliquètement. Une clé qu'on insère dans le trou d'une serrure? Le peintre a-t-il un passe-partout? J'aimerais tant être à la place de Justine pour voir. Je lui jette un coup d'œil. Malheur! Elle gonfle une bulle, gonfle, gonfle… Non! La bulle va éclater! Je tends la main et pince la bulle entre deux doigts.

Pssssssshhhhhh!

Elle se dégonfle doucement. Justine n'ose pas me regarder. Elle n'ose plus mâcher non plus. La gomme collée sur le menton, les joues rouges, elle continue à filmer.

– Enfin, je l'ai déverrouillé! s'exclame monsieur Labrosse.

Il a réussi à ouvrir le tiroir de monsieur Léonard! Je l'entends froisser des papiers, renverser une chaise.

– Bateau! Il n'y a pas d'enveloppe ici! crie-t-il en colère.

Justine me donne un coup de coude.

– Attention, chuchote-t-elle, il lance quelque chose par ici!

Au même moment, je vois passer, au-dessus de la bibliothèque, la pomme verte de monsieur Léonard qui vient s'écrabouiller près de... KIT-KAT! La petite tête de linotte a réussi à m'échapper. Elle a sauté par terre et patine sur la tuile du plancher.

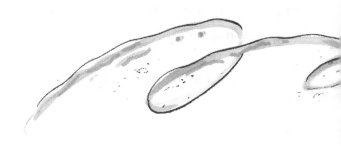

Je me jette à plat ventre et je saisis le petit bout de queue qui n'est pas encore disparu sous la bibliothèque. «Mais va-t-elle m'obéir un jour?» me dis-je en la plongeant dans ma poche, mes doigts bien refermés sur elle comme une petite cage.

– Bateau de bateau, ces deux-là! rugit le peintre.

Je m'aplatis aussitôt par terre. Laissant la caméra filmer toute seule, Justine s'écrase près de moi.

–Il s'amène par ici! me souffle-t-elle dans l'oreille.

«Nous a-t-il repérés?» que je me demande en me collant sur mon amie. Kit-Kat gigote de nouveau et je la retiens de force au fond de ma poche. Les pas du peintre se rapprochent de la bibliothèque. Peut-il entendre la caméra tourner? Justine glisse sa main dans la mienne et je la serre très fort.

Chapitre 12

C'est la fête!

Si le peintre découvre qu'on est cachés derrière la bibliothèque pour le filmer, il va devenir furieux! Mais que fait-il et où est-il? Il est bien silencieux tout à coup. Je n'aime pas ça.

Vrrr! Vrrr! Vrrrrrrr!

Malheur! Il fait tourner le globe terrestre! Il est donc rendu tout près de nous: le globe est sur la bibliothèque! A-t-il deviné notre cachette? Le fait-il tourner pour nous agacer? Justine me presse la main si fort que mes os craquent.

«Oh! je voudrais tellement que Félix et Georges arrivent tout de suite!» me dis-je en sortant Kit-Kat de ma poche pour coller son petit corps chaud sur ma joue.

Ils arrivent! La porte de la classe s'ouvre, mon souhait s'est réalisé!

– Monsieur Labrosse, nous vous cherchons partout!

Mais ce n'est ni la voix de Félix ni celle de Georges, c'est la belle et merveilleuse voix du directeur!

– Euh... J'étais venu, euh... évaluer le travail à faire dans cette classe, bredouille le peintre.

– Oubliez ça et suivez-moi, l'invite monsieur Binette. Cet après-midi, personne ne travaille dans mon école, c'est la fête!

– Mais...

– Tutututu, fait le directeur, vous venez avec moi!

Youpi! Le peintre n'a pas le choix. Ils partent. Dès qu'ils sont sortis, Justine saute sur ses pieds et reprend la caméra.

– Le directeur nous a sauvés, Percival! Viens, il faut aller au gymnase au plus vite!

– Regarde, Justine!

– Quoi? demande mon amie en faisant reculer la bande vidéo comme Félix nous l'a montré, hier. On est pressés, Percival!

Au creux de ma main, Kit-Kat est minuscule, toute roulée en une boule très ronde.

– Quand elle fait la balle de laine, c'est qu'elle boude. Elle boude parce que je l'ai empêchée d'attaquer le peintre.

– Tu fais du boudin? C'est pas beau, ça! la taquine Justine.

Mais Kit-Kat ne la trouve pas drôle. Dents et griffes sorties, elle grogne.

Justine baisse la tête. Elle a l'air triste.

Puis, elle retire la cassette de la caméra et l'agite sous le nez de Kit-Kat.

– Je te la confie, Kit-Kat, pour que tu la protèges avec tes griffes et tes dents pointues! lui dit-elle en mettant la cassette dans ma poche kangourou.

– Brrruiiik-brrruiiik! répond Kit-Kat en s'y glissant à son tour.

Je crois qu'elle est contente de pouvoir enfin faire quelque chose pour nous aider. Justine est super d'avoir pensé à ça et, cette fois, j'accepte la boule de gomme bleue qu'elle m'offre.

***

– Où est le peintre? demande Justine en entrant dans le gymnase.

– Ça va, Justine. Je le vois. Il est assis avec monsieur Binette dans la première rangée. Ils ne savent pas que nous sommes là. À toi de jouer!

Le professeur de gymnastique est responsable de la projection. Il attend que tout le monde soit prêt pour commencer. Un œil fermé, grimaçant comme un singe, Justine va se planter devant lui. Prétendant qu'elle a un cil dans l'œil, elle pleurniche qu'elle ne peut plus l'ouvrir. Je gage qu'elle a même des larmes!

Dès que je vois monsieur Badidas se pencher vers elle, je me faufile derrière lui et je m'empare de la cassette de *La petite espionne* qui dépasse du magnéto-scope. Je glisse une main dans ma poche pour prendre la nôtre, mais Kit-Kat me griffe.

–Aïe! Ça fait partie du plan, tête de linotte! Donne-moi ça tout de suite! que je lui ordonne à voix basse.

En cinq secondes, je substitue les cas-settes et je cache *La petite espionne* dans ma poche.

–Surveille-la bien, que je chuchote à ma petite bête féroce qui s'empresse de me lécher les doigts pour se faire par-donner.

Puis, je tousse trois fois. C'est notre code pour signifier à Justine que j'ai réussi. Je l'entends dire à monsieur Badidas que ça va mieux et elle vient me rejoindre.

Nous dénichons deux places libres dans la dernière rangée, près de la porte arrière et près de madame Rita, qui nous fait un clin d'œil.

–Pourvu que monsieur Badidas ne s'aperçoive de rien, pourvu que Félix et Georges arrivent à temps! s'inquiète Justine en mastiquant nerveusement.

–Ils sont déjà ici, répond madame Rita en pointant le corridor.

C'est vrai, Félix et Georges sont au rendez-vous, prêts à intervenir. Monsieur Badidas éteint… Le film commence… En gros plan sur l'écran, on voit le peintre qui force la serrure du tiroir de pupitre de monsieur Léonard avec une lime!

Tout le monde s'exclame et les lumières du gymnase se rallument. Debout sur ma chaise, j'essaie de voir ce qui se passe dans la première rangée. Je vois le peintre s'enfuir et monsieur Binette qui se précipite derrière lui. Le peintre se rue vers la porte avant, mais Georges l'a devancé et lui barre le chemin. Le fuyard se retourne, arrive nez à nez avec monsieur Binette, le bouscule et s'élance vers la sortie arrière.

Il court, dépasse notre rangée, et soudain, il dérape et s'étend de tout son long sur le dos. Je descends vite de ma chaise et je m'approche en écartant les élèves.

Le peintre est couché au milieu de dizaines de petites boules multicolores

qui roulent autour de lui. Près de moi, mon amie Justine mastique en souriant.

–C'est pratique, des boules de gomme! dit-elle en gonflant une de ses bulles géantes.

–Tu es incroyable, Justine, tu es une bonne assistante!

Kit-Kat sort immédiatement le nez de ma poche kangourou en bougonnant. Je n'aurais pas dû dire ça. C'est elle, mon assistante! Mais ce n'est pas le moment de discuter et je la repousse dans ma poche.

Félix, Georges et monsieur Binette entourent maintenant le peintre. Félix l'agrippe sous les bras, le soulève de terre et Georges lui passe les menottes.

–C'est lui, le voleur! hurle-t-il en m'apercevant. Il a tout inventé!

–Laissez cet enfant tranquille, intervient monsieur Binette. Percival est un vrai détective. Percival! s'écrie-t-il tout à coup en reculant, les yeux braqués sur mon chandail.

Je baisse la tête et j'aperçois la queue de Kit-Kat qui pendouille de ma poche.

– Pas encore cette… ce… J'avais dit pas d'animaux dans mon école, Percival Beau… Beau… lieueueueu… !

Le reste de mon nom se perd dans un grand bruit de chaises renversées. En reculant, monsieur Binette a lui aussi glissé sur les boules de gomme et se retrouve les quatre fers en l'air !

Chapitre 13

La meilleure assistante!

Monsieur Badidas tente de ramener le silence dans le gymnase en tapant dans ses mains. Je regarde Félix. Il est content, ça se voit. Surtout que Georges soupçonne monsieur Labrosse d'avoir commis d'autres vols dans le quartier. En partant reconduire son prisonnier au poste de police, Georges nous a félicités. Félix m'a alors souri avec ce sourire qu'il a quand il est fier de moi.

–Quand je pense que vous avez réussi à filmer ce voleur en pleine action! C'est formidable, n'est-ce pas? demande-t-il joyeusement à monsieur Binette, qui lui répond par un grognement.

Je crois qu'il ne trouve pas formidable du tout ce qui vient de se passer dans son école.

Les lumières s'éteignent de nouveau et les élèves de Sainte-Bécassine se taisent. Monsieur Binette a décidé de projeter tout de même le film pour calmer les émotions.

– Hé, Justine! Je n'ai plus envie de regarder le film.

– Moi non plus. Allons dans la classe, sur les lieux du crime! dit-elle en prenant une voix mystérieuse.

Nous profitons de l'obscurité du gymnase pour sortir dans le corridor. Nous arrivons derrière monsieur Binette qui sermonne mon père. Pauvre lui! Les bras croisés derrière le dos, le directeur s'élève sur la pointe des pieds, redescend sur les talons, s'élève, redescend.

–Dans mon école, il y a des règlements…, dit-il à Félix qui nous aperçoit et nous adresse un petit sourire en coin.

–Sauvons-nous! me chuchote Justine. Je ne veux pas d'un autre sermon!

Nous longeons le mur jusqu'à l'escalier mais, dès que nous montons la première marche, Kit-Kat se met à hurler.

–Crouik-crouik-crouik-crouik! fait-elle en étirant ma poche dans tous les sens.

Elle qui était si sage depuis la petite crise du directeur au sujet des animaux dans son école. Je suis étonné. Surtout quand elle saute par terre et déguerpit dans le corridor.

–Suivons-la, Justine. Lorsqu'elle file comme ça, c'est qu'elle a flairé une piste!

–A-t-elle du flair pour vrai? demande Justine en courant. C'est tout de même rien qu'un hamster!

–Kit-Kat n'est pas un hamster ordinaire.

Tiens, elle s'arrête devant le local du concierge.

– Bruiiik! Bruiiik! Bruiiik! crie Kit-Kat d'une voix très aiguë.

– Son flair est infaillible, Justine. Il y a sûrement quelque chose de louche à l'intérieur.

– On va le savoir tout de suite, réplique-t-elle en sortant sa barrette d'une de ses poches.

Elle se met à genoux et insère la tige de la barrette dans le trou de la serrure. Elle la tourne délicatement, une oreille collée sur la poignée.

CLIC!

– Voilà! Tu peux ouvrir, dit-elle, toute fière.

J'ai à peine ouvert la porte que Kit-Kat se précipite vers le fond de la pièce. Elle renifle un peu partout, puis se faufile sous un amas de draps tachés de peinture.

–Allume, Justine!

Le local s'éclaire et je pousse les draps avec le bout de mon soulier. Kit-Kat est là et tient, dans sa minuscule gueule, le stylo Mont-Blanc du directeur!

–Je te l'avais dit, Justine: un flair infaillible! que je m'exclame en soulevant Kit-Kat pour lui bécoter le bout du nez.

Justine s'approche et me demande si elle peut prendre Kit-Kat. Ma petite têtue refuse en se débattant, mais je la passe quand même à mon amie. Je crois qu'elles ont des choses à se dire, ces deux-là. Justine la prend doucement et lui chatouille le ventre, là où son poil est tout blanc.

–Tu sais, Kit-Kat, murmure-t-elle, tu es une bien meilleure assistante que moi. Tu es une vraie détective!

Je regarde mon rusé hamster et je sais que, derrière ses moustaches, Kit-Kat sourit...

Épilogue

BANG!

–C'est maman qui claque la porte d'entrée comme ça? que je demande à Félix qui déjeune en face de moi.

–Son journal du samedi ne doit pas être arrivé. Ça la rend toujours de mauvaise humeur, répond-il en haussant les épaules.

Je pose un Cheerios sur mon genou et Kit-Kat l'avale tout rond. Les grandes émotions d'hier lui ont creusé l'appétit.

–Hic! fait la petite gloutonne en se

dressant sur ses pattes de derrière pour en avoir encore.

Mais je n'ai pas le temps de lui en donner un autre. Les portes battantes de la cuisine s'ouvrent avec fracas et ma mère, en robe de chambre, fonce droit sur nous. *Première Heure*, son journal, atterrit si fort sur la table que Kit-Kat se réfugie dans la manche de mon pyjama.

–J'attends des explications, messieurs les détectives! déclare-t-elle, les yeux exorbités.

Sur la première page du journal, j'aperçois la photo qui a déclenché sa colère. Je pouffe de rire. On y voit monsieur Labrosse entouré de Georges, monsieur Binette, Félix, Justine et moi. Ce qui me fait rire, c'est Justine qui a mis Kit-Kat sur sa tête pour la photo. Mais personne ne va la reconnaître à cause de l'énorme bulle de gomme qu'elle gonfle et qui lui cache le visage. Sacrée Justine! Je jette un œil vers ma mère et j'arrête net de rire.

– Félix? Percival? Si Kit-Kat ose sortir de sa cachette, c'est peut-être elle qui va m'expliquer pourquoi mon mari et mon fils font encore la une du journal?

– Mais… Rachou, se risque Félix, j'allais justement tout te raconter.

– Me raconter comment tu as laissé mon Percival s'approcher, encore une fois, d'un criminel! Et Rosita Revolver? Oublies-tu qu'elle a menacé mon petit bonhomme lorsqu'il a aidé les policiers à l'arrêter? dit-elle en se laissant tomber sur une chaise, la tête entre les mains.

Pauvre maman, elle s'inquiète tellement pour moi qu'elle mélange tout. Je dépose Kit-Kat sur la table et je m'empare du journal pour lui expliquer que cette histoire n'a rien de comparable à celle de Rosita Revolver. Et là, je vois ce qui la trouble autant. Il y a un autre gros titre sur la première page:

LA VILLE EST EN ALERTE: ROSITA REVOLVER ÉVADÉE DE PRISON!

–Aaaaah! que je crie en échappant le journal dans mon assiette.

–Drrruk! crie Kit-Kat à son tour en reniflant la photo de Rosita Revolver.

–Sapristi! fait Félix en tirant le journal vers lui.

Ma mère se verse un café. On dirait qu'elle a envie de pleurer.

–Voyons, maman. Je suis sûr que Rosita est déjà loin. Si tu veux, Kit-Kat peut flairer sa piste et…

–Ce sont les vrais chiens policiers qui flairent les pistes et les vrais détectives qui mènent des enquêtes! hurle-t-elle en agrippant le bord de la table.

–Tu as raison, Rachou. Seul un vrai détective, rusé et futé, peut arrêter les grands criminels.

Ma mère pousse un soupir, elle semble rassurée par ce que vient de dire Félix. Mais ce qu'elle n'a pas vu, c'est le petit clin d'œil qu'il m'a lancé en parlant. Moi, je l'ai vu et, parole de Percival, c'est moi le détective dont il parlait.

–Tu viens, Kit-Kat? Je monte m'habiller.

Et quand nous sommes dans l'escalier, loin de maman, je regarde Kit-Kat droit dans les yeux.

–Ma fille, tenons-nous prêts! On ne sait pas ce qui attend Percival Beaulieu-Charron et son inséparable assistante!

Table des matières

Mot des auteures

Sylvie Högue
Gisèle Internoscia

Un jour, nous nous sommes rencontrées dans un petit resto, pour imaginer une nouvelle aventure de Percival et Kit-Kat.

Tout en sirotant notre café, nous échangions nos idées:

– Que dirais-tu d'un autre vol?

– Un enlèvement, ce serait mieux, non?

– Oui, un enlèvement!

– Avec une demande de rançon! qu'on s'est écriées en même temps.

Nous nous sommes aperçues que les gens des tables voisines nous lançaient de drôles de regards.

– Oh, oh! Ils nous prennent sans doute pour de dangereuses criminelles!

On a bien ri et on a trouvé une superidée. Cette fois-ci, les preuves vont s'accumuler contre le détective Percival. Et c'est lui que l'on prendra pour le voleur!

Gisèle et Sylvie

Mot de l'illustratrice

Anne Villeneuve

Mon dessin de Justine gonflant une gomme bien juteuse me fait sourire… Moi aussi j'en ai mâché de la gomme plus jeune. Les bonbons, c'était ma passion. J'en aurais mangé au déjeuner, au dîner et au souper. Heureusement, mon oncle Rolland, lui, avait tout compris. Quand il venait chez nous, on se rendait illico chez monsieur Cardin. Le magasin de monsieur Cardin, c'était un peu comme la caverne d'Ali-Baba remplie de bonbons de toutes les couleurs et de toutes les saveurs. Avec un billet d'un dollar, j'avais accès à une petite part de ce trésor. C'était un des grands bonheurs de mon enfance…

Anne Villeneuve

DANS LA MÊME COLLECTION

BERGERON, LUCIE

Un chameau pour
   maman

La grande catastrophe

Zéro les bécots!

Zéro les ados!

Zéro mon Zorro!

La lune des revenants

La proie des ombres

**BOUCHER MATIVAT,
MARIE-ANDRÉE**

Où est passé Inouk?

CANTIN, REYNALD

Mon amie
   Constance

COMEAU, YANIK

L'arme secrète de
   Frédéric

Frédéric en orbite!

GAULIN, JACINTHE

Mon p'tit frère

GÉNOIS, AGATHE

Sarah, je suis là!

Adieu, Vieux Lézard!

GUILLET, JEAN-PIERRE

Mystère et boule
   de poil

**HÖGUE, SYLVIE
INTERNOSCIA, GISÈLE**

Gros comme la lune

Percival et Kit-Kat

Percival et Kit-Kat
   Le piège

NICOLAS, SYLVIE

Ne perds pas le fil,
   Ariane

ROLLIN, MIREILLE

La poudre de Merlin-
   Potvin

Tout à l'envers

Tout un trésor

ROY, PIERRE

Barbotte et Léopold

Salut, Barbotte!

Des bananes dans
   les oreilles

DANS LA MÊME COLLECTION

✹ lecture facile
✹ ✹ bon lecteur

Payette & Simms inc.

Achevé d'imprimer en septembre 1998 sur les presses de
Payette & Simms inc. à Saint-Lambert (Québec)